N/A

エヌエー

Toshimori Akira

Not Applicable

Not Available

繁體中文版序・

我從小就是個外星人

我從小就是個外星人。

常常因為搞不懂人類世界不成文的規定而破壞氣氛，或者說一些人類不應該說出口的話，惹得老師和同學生氣或哭泣。

我由衷對這些失誤感到抱歉，但是從很多人的角度來看，我根本就沒有「人類的心」。

我的朋友運很好。

朋友都是善良又誠實到會忍不住替他們擔心的人，卻和這

麼粗神經的我相處融洽。可能是好人才有度量包容粗神經的人，又或者就像我是迫降在地球的外星人一樣，我的朋友之中，或許也有幾個是在人界迷途的妖怪吧。總之，沒有人心的我，和朋友們算是相處愉快。

我有一位姓沈的臺灣朋友。我們是日本某大學社團的同屆社員，她在我的朋友群中也是格外有同理心的人，當我做出一些不恰當的行為時，她就會認真地提醒我。她會說「那種態度很不誠懇，妳應該要感謝別人為妳做的事情才對」之類的話，用這樣連外星人都能懂的語言，告訴我應該怎麼做。在社團的那段期間，我學習到身處團體中該怎麼行動，她給我的指導真的是難能可貴。能夠認識她，而且至今還能透過信件和在臺灣的她聯絡，

我真的覺得自己很幸運。

除了沈以外的朋友也一樣，大家沒有因為我是外星人就放棄我，光是這一點我就覺得很感謝，甚至希望自己有一天也能幫助這些朋友。

然而，當朋友真的發生什麼事的時候，我總是手足無措。我不知道該說什麼才好，把腦中想到的話撈起來又丟掉，結果我只會聊一些最近看了什麼有趣的電影或書籍之類，根本無法解決問題的話題。我把希望寄託在娛樂相關的話題上，願朋友能夠多少有一點逃離痛苦的時間。

大概是兩年前吧。我推薦朋友Y看一本小說，幾天後我們像往常一樣通話。「之前妳說的書，我看完了。」「怎麼樣？」

「我覺得這本小說大概不是為我寫的吧。」「喔——哪個部份讓你這樣想？」「就是主角雖然被整個社會拒之門外，但最後因為遇見能理解自己的人，所以接下來的日子也能過下去了。我覺得我這個人是不可能的，這個故事對只能獨自面對生死的人來說太夢幻了。」

我沒辦法完全理解Y的感受。畢竟我不是本人，所以這很正常，我並沒有因此感到特別絕望。話雖如此，我還是一時語塞。後來，我依然會推薦一些作品給Y，但他沒有每一部都看。我至今都沒有找到為Y所寫的故事。

寫這本小說的時候，我多少有把Y的事情放在思緒的某個角落。

畢竟我是外星人，所以有可能無意間寫了一些會讓人生氣或惹人哭的東西，但是我盡量保持誠懇地去寫，同時也不違背Y的想法。至於我有沒有做到，只能請他讀完之後再判斷了。

年森瑛

N/A

年森瑛

涂紋凰—譯

這是她十三年人生中，第一次覺得印刷用紙看起來像在發光。

教室的冷氣壞掉，只好打開窗戶，空氣中混合著止汗劑、洗髮精、沒洗的室內鞋、手背上乾掉的口水臭味。

兩片窗簾各自從中間束起來，布料因空氣而膨脹，看起來像一件胸罩。她坐在窗邊的位置，側身往前傾，接下傳過來的紙張。她平時看都不看就帶回家當作吸油紙用的保健室傳單，上面的標題吸引了她的目光。

「體重過輕會有停經的風險。」

「為了將來，請不要過度減肥。」

從那天晚上開始，她就不吃碳水化合物。媽媽如果嘮叨，她就說吃太多會想睡覺，沒辦法好好讀書或參加社團活動。她的體重本來就比平均值還輕，所以月經很快就停了。她不懂這有什麼好禁止的，甚至覺得那些月經來會痛的朋友也一起加入變瘦停經的行列就好了，但是怕她們覺得她是在炫耀自己的體型，所以她什麼都沒說。那些很羨慕她、吵著要減肥卻每天吃零食的朋友，覺得吃比瘦重要，她可不能潑她們冷水。

即便如此，她還是很想和別人分享這種心情，所以在很少用的推特上面搜尋「月經　沒來」這個關鍵字。「月經沒來很不安～」，不對。「月經一個月沒來了，好煩惱要不要跟男朋友

說」，不對。「說月經沒來的時候只要把搞笑團體小崇小敏的小敏照片設成桌面就會好的人，真的有病」，都、不、對。用「月經沒來好開心」搜尋，結果出現「我想說月經怎麼沒來，結果是懷孕了！好開心喔～」、「月經沒來讓我覺得自己好像懷孕了，好開心」、「月經沒來，該不會是……（嬰兒表情符號）（愛心表情符號）好開心！」她默默關掉應用程式，查詢之後，反倒被拉去其他地方了。過一段時間之後，她在家人共用的電腦發現搜尋履歷裡面有「小孩不吃飯」、「阻止小孩減肥」、「厭食　父母　應對」、「厭食　原因　母親」，讓她覺得媽媽好可憐。她不想讓媽媽白操心，所以決定把體重維持在四十公斤出頭。長時間坐在學校堅硬的椅子上，大概到第四

堂課的時候尾椎骨就開始痛，所以她在防災頭套上面再疊坐墊才能坐下。雖然被叫去保健室接受諮商好幾次，但她除了身高以外，什麼都沒有改變，就這樣國中畢業了。即便在直升高中部之後，她仍然是除了受傷或者痘痘破掉之外，沒再看過自己的血，差點就這樣畢業了。

伴隨著尖銳的摩擦聲，門被打開了。幾年後才決定重建的高中部校舍，到處都上油不足，過度乾燥。

「松井殿下，妳有帶衛生棉嗎？」

鈴聲一響就衝去廁所，然後又馬上回來的女孩，從半開的門板後露臉。因為圓香坐在靠門那一排的最後一個座位，這種時候很容易被找上。她一搖頭，本來在整理置物櫃的尾城，就從圓香背後遮遮掩掩地遞上束口袋。好像是因為安住老師在教室裡，所以她不敢像往常那樣用丟的。

「裙子SAFE吧？」

女孩轉身背對她們的時候，沒有看到血跡。

「沒事。」

她一邊說「3Q～」一邊小跑步離開，圓香反手關上門，阻隔十二月走廊的冷空氣。剛才搭在門把上的手傳來刺痛感，仔細看才發現不知道什麼時候被紙張劃傷了。她的皮膚不好，所以束

口袋裡面都是ＯＫ繃和軟膏。

鈴聲早就響了，小森卻沒有去找安住老師說話。

伴隨著宛如遠方雷聲的摩擦音，黑板的第一段和第二段文字正要被擦掉。通常在安住老師擦掉第一段文字的時候，小森就會露出小虎牙笑著站在他身邊，結果小森現在還在座位上慢慢地把色彩繽紛的筆收進筆盒。安住老師開始擦第二段的時候，即便背對都能感覺到他在觀察小森的狀況。筆跡較淡的「民權運動」幾個字被擦掉了。小森開始把橡皮擦屑掃到桌邊，她的腳邊散落著第三堂下課後撥到地上的黑色橡皮擦屑。

安住老師的右手揮過，黑板上的美國地圖漸漸消失。

大概有二十個學生選世界史，同一時間在其他教室上日本

史的學生回來之前，安住老師都會被小森拉著說話。除了小森以外，這個班的籃球社成員都選修日本史。小森在籃球社裡面算是和善好說話的人，但是她比起同班同學更喜歡和知心的顧問老師安住聊天。有些人會揶揄地說：「小森根本就是盯上安住了，畢竟她是外貌協會嘛。」如果這是真的，那小森今天的態度有可能就是以退為進的策略。雖然不知道安住老師的年紀，但他看起來比其他老師年輕很多。

安住老師把板擦放在板擦機上清潔的時候，小森才終於站起來。

黑板旁的舊板擦機，吵到可以蓋過附近工地施工的聲音。

小森的表情顯得有一點僵硬，但那也有可能是因為她刻意提高音

量以免被噪音蓋過去。圓香坐在最後一排，所以聽不到他們兩個人的聲音。

小森像往常一樣露出小虎牙抬頭看著安住老師。她雙手環抱的厚重教科書，擠壓著豐滿的胸部。

教室門被用力拉開，摩擦聲蓋過板擦機的噪音。

「安住老師還在耶」、「他不是一直都這樣嗎」、「老師你也一起上下一堂的數學課啦」。那些選修日本史的同學回到教室，前面幾個籃球社的成員親暱地跟老師搭話。安住老師雖然嘴上說「妳們幾個給我好好講敬語」，但聲音聽起來根本沒生氣。安住老師周圍充滿開朗的說話聲。

在離學校最近的車站裡，圓香發現月臺上最前面一排的兩個熟人，其中一個是尾城。尾城也注意到她，所以朝她揮了揮手。尾城垂下的另一隻手拿著已經翻爛的單字卡。在旁邊盯著月臺鬧門的翼沙，看到尾城的反應才發現圓香，也朝她揮了揮手。剛好到站的電車揚起一陣風，吹開翼沙厚重的頭髮，露出已經快要密合的耳洞。她對排在她們兩個後面的人點了點頭，便自然地插隊成功。

「松井殿下這個時間還在真是稀奇。」

第一個叫圓香「松井殿下」的是尾城。她說圓香一臉王子相，跟圓香這個名字很不搭。在她露出一臉「我說得很有道理對吧」的表情時，周遭的同學紛紛表示贊同，現在班上同學都漸漸

統一叫圓香「松井殿下」，不會這樣叫她的只有平常沒怎麼搭話的同學和翼沙而已。

「因為我已經不參加社團了。」

「是喔——辛苦了。」

電車從嘴裡吐出人潮，但馬上又有人上車。只有稀稀落落的零星座位，所以她決定站在對面的車門前。尾城的眼鏡因為車外和車內的溫度差而起霧。

大部分的學生會搭世田谷線或田園都市線往郊外方向的電車。圓香和尾城的上下課通勤路線很麻煩，要先到澀谷再轉東橫線往橫濱方向。雖然沒有約好，但是上學的時候經常碰巧遇見。翼沙家應該在田園都市線往郊外方向的車站附近，看到圓香疑惑

的眼神，翼沙回答：

「我要去新大久保吃飯。」

「跟推特上認識的人？」

「跟麻美小姐和信玄餅先生一起去。」

大人總是叮嚀她們，不能和網路上認識的人見面，但翼沙輕而易舉地就打破規定。對她來說，這些人不是陌生人。

翼沙拿起手機讓她們看她自己做的手機殼背面，帶亮粉的透明手機殼後面是一個染金髮的女偶像。記得上禮拜手機殼裡面夾的是另一個女生的拍立得相片，尾城應該也發現了。

「翼沙，妳的推又換人啦？」

「沒有換啊，只是變多了。」

「妳很花心耶。」

「什麼？去死啦。」

互相用粗魯的方式說話，是她們兩個人從國中就有好交情的證明。無視哈哈大笑的尾城，翼沙問：

「圓香妳要去哪裡？」

「跟別人有約。」

竟然說是「別人」，翼沙調侃地笑。

「直接說去找男朋友啦。」

「可是——」

不知道為什麼，她不想稱呼小海為男朋友。她覺得她們的關係不像戀人這麼甜膩，也不像搭檔這麼隨便，最近流行的「伴

侶」，聽起來也感覺華而不實。圓香現在認為最好的名稱就是「正在交往的人」。

「我也來交個男朋友好了。」

翼沙說的話大部分都隨著空氣膨脹。沒有人回應的話，被暖氣的風往上推，推到廣告看板的凹槽裡就再也沒有回來了。

尾城眼鏡上的霧氣散去，鏡片後的視線落在手邊的單字卡上，翼沙不知道是不是在和等一下要碰面的朋友聯絡，大拇指在手機螢幕上忙碌地滑來滑去，所以圓香也學她拿出手機。

「怎麼辦　我在妳斜前方的車門前面」

看到鎖定畫面跳出的訊息，她抬起頭。

從稀稀落落站著的乘客之間，看到小海就在對向斜前方的

車門附近時，又跳出新的訊息。

「我們直接在現場集合好嗎？」

「好」

她想避免不必要的麻煩，只動眼睛不轉頭，確認尾城還在看單字卡，翼沙還在滑手機。雖然她們兩個比圓香矮，不會看到她的手機，但她還是盡量靠近手機打字。

「我會慢慢走　妳先過去」

「好　餐廳是這一間▽▽▽」

一串網址送來。點開之後，看到首頁的照片是老舊但有韻味的一間店。那是一間鬆餅名店，因為圓香沒有任何提議，所以沒辦法抱怨，不過小海喜歡吃甜食，這點讓她覺得很困擾。傳了

一張點頭的小熊貼圖之後，她就把手機收進外套口袋裡。

即將抵達澀谷站，月臺側車門開啟。她盯著用四國語言標示站名的電子顯示板時，電車的速度越來越慢。她和小海之間的對角線上，不知道什麼時候站著一群高個子的學生，剛好擋住小海。停下來的電車，發出嘆息般的聲音。

和搭乘山手線的翼沙分開之後，她和尾城一起搭手扶梯下樓。在站內寬廣空間裡，人群熙熙攘攘，她看到小海嬌小的背影快步往前走，變得越來越小的樣子。她假裝不經意地放慢腳步，以免被尾城發現。

東橫線的月臺在澀谷的谷底，和經常斷網的訊號不同，連結月臺的手扶梯快得像倍速播放的影片。排列在一起的除毛沙龍

和生髮劑廣告海報，從旁流動而過。

鐵軌隔著月臺分成兩邊，其中一邊的軌道上已經停妥各站停靠的列車，她們兩個決定到對面那一邊等快速列車。車站裡充斥著往市區的電車到站的聲音，還有從空洞吹來的風、擁擠人群的吵雜聲。

「我可以跟妳聊男朋友的事嗎？」

她知道這就像會抽菸的叔叔問「我可以抽菸嗎？」一樣，對方並不是要徵求同意，而是一種宣示。尾城沒有打算聽她的回應。既然只是單方面的揮拍，那她只要說「好啊」即可。

「之前在家做的時候，我男朋友啊。」

「嗯。」

「中途突然大叫一聲，我還在想怎麼了，結果是大姨媽來了。」

「哎呀。」

她沒有接受突如其來的話，只是沒有靈魂地回應而已。這不是有來有往的對話，而是單純的機械式回應。只要這麼做，就算無法理解的事情也能順利聊下去。

「我想說弄髒床單就糟了，所以我就像下腰？還是反向棒式？把屁股往上抬高，一秒從床上跳下來，但是男友就完全沒興致了。」

「因為下腰？」

「因為大姨媽啦。不對，應該是都有吧？女生都很習慣了，

但男生應該是第一次看到噴血現場吧。他看起來很怕，因為我的量滿大的。」

「是喔——」

給了一點回應。

「都三天了，不讀不回，應該會分手吧。反正如果我考上大學，一定會變成遠距離，我本來就覺得應該只會交往到高中畢業，所以其實也覺得沒什麼。不過，補習班那裡，我跟他有選一樣的課。」

「哇——」

「真不想去——但還是會去啦，只是被無視很不爽。」

「的確是這樣沒錯。」

「我也像翼沙那樣放棄三次元的生活好了，不過得先把考試顧好。」

尾城手上的單字本貼著大量的標籤，封面已經不見，裸露的內頁封面邊緣因為手汗而潮溼內捲。翼沙要內部升學，圓香想要爭取指定學校的推薦名額，但尾城的目標是考上國立大學。

「妳可以看單字本沒關係，反正我也要讀書。」

「啊，好，謝啦。」

從埼玉方向駛來的快速電車引起風壓，被翻開的單字本頁面隨之晃動。雖然電視臺經常在忠犬八公銅像前和１０９旁拍攝，街訪東京人的意見，但是在澀谷的人有一半是埼玉縣民，另一半則是神奈川縣民。

「真是抱歉耶，因為松井殿下實在是很好的傾訴對象，而且又站在我這邊。」

從快速列車下來的人，幾乎都在連接月臺廣場的手扶梯排成一列，剩下幾個人會移動到各站停靠的電車裡。圓香搭各站停靠的列車也可以，在張大嘴發出聲響的快速電車催促之下，她一腳踏進車廂。

擠滿人類的電車，緩緩地起步。懶得抓吊環的尾城，抓住圓香背包上的口袋。有男有女的車廂內，充斥著吸飽灰塵的外套臭味，夾帶暖氣的空氣中，似乎還有女校的臭味。

要是被同學發現妳變成女人，事情會變得很麻煩，所以還是保密吧。

尾城非常敏銳，一發現她有交往的對象就馬上這樣叮嚀她。就像當時叫她松井殿下那樣，尾城露出「我說得很有道理吧」的表情。

尾城要去靠近北出口的補習班，和尾城分開之後，她從南出口前往小海指定的咖啡廳。那間店位於葉子已經完全掉落的綠廊前，小海拉緊天藍色長風衣站在門口，穿著褲襪的腿不斷互相摩擦，看起來很冷。

「小海。」

她一喊小海的名字，小海原本因為北風而僵硬的表情瞬間放鬆。小海的咖啡色長髮已經染黑，圍巾包不住所有髮絲，有一

部分露在外面。

「妳染頭髮了呢。」

「因為要開始找工作和實習了啊。很奇怪嗎？」

她回答很適合妳之後，小海一臉滿意地揚起嘴角。因為她第一次見到小海的時候就是黑髮，所以反而染黑看起來比較熟悉。只有髮色不一樣而已，小海的睫毛像往常一樣向上翹、臉頰也塗上粉紅色，毛孔仔細地遮蓋過，鼻尖微微發亮。

她發現厚重的毛呢大衣手肘處，有被小海用指尖抓住的感覺。

「妳朋友沒發現吧？」

「應該沒有。」

「太好了。那我們進去吧？」

她點點頭推開厚重的拱形大門。頭上傳來門鈴聲，穿著圍裙的服務生，帶她們到靠窗的兩人座位。

「小海，妳要坐哪一邊？」

一個是能環視店內的靠窗座位，另一個是能從玻璃窗看到外面風景的內側座位。

「那我靠窗坐吧。」

天花板的角落有一臺大尺寸電視，為了不影響店內的鄉村音樂，以靜音的方式播放著足球比賽。入口處的層架上有隨意堆放的雜誌，還有製作年代不統一的小器具、鉤針編織的壁毯，讓這間店的空間變得很雜亂。

小海把脫下的外套放在沙發角落，坐下之後就開始到處拍照。照片應該把其他客人的臉也拍得一清二楚，她很擔心會被附近的幾個中年女性斥責。離她們稍遠的座位，有幾組看上去和她們同年的女生團體，還有一組是一對男女，他們看起來也是來拍照的。

穿著制服的圓香和穿著便服的小海，在外人眼裡看起來是什麼關係呢。可能是年齡差很多的姊妹，也可能是學妹在訪問上大學的畢業生，甚至可能是網友見面會。至少，她們兩個看起來應該不像中間那一桌相視而笑的男女，一看就知道是情侶。

在小海專注攝影的時候，她翻開桌上貼滿手工裝飾的菜單，頁面裡模糊的照片下貼著寫有料理名稱的標籤。厚實的鬆餅

搭配的餡料，大概可以分成鹹食和甜食兩種，她決定點卡路里看起來比較低的鹹鬆餅。菜單只有一份，所以她把菜單轉半圈，方便小海看。把手機放在桌上的小海，一邊思考一邊翻菜單。圓香只看一輪就決定好要吃什麼，但小海不一樣，一直來來回回翻看同一頁。

「妳在猶豫哪幾個口味？」

「我在想要點期間限定的，還是要選最受歡迎的培根起司。」

「那我點培根那個，一人一半怎麼樣？」

「可以嗎？」

「嗯。」

其實她原本想選鮪魚沙拉口味。小海開心地說太好了，然後和對到眼的店員點個頭示意點餐。點好餐喝了一口冰水之後，小海垂下眉毛雙手合掌，抬眼望著圓香。

「之前跟妳提過，聖誕節那天我要打工到打烊。」

「沒關係啊，我也要去上寒假輔導課。」

「妳是要走推薦入學吧？不過，現在已經和我那時候的選拔方式不同了。妳這陣子都要繃緊神經了吧，考上之後我們一起去旅行吧。」

她隨便敷衍了一下。因為圓香自然而然就能想像到小海明年這個時候還是會在自己身邊的樣子。她發現冰水杯上出現水滴，所以用紙巾擦掉，但紙巾沒有沾溼太多。她的視線從餐桌中

間貼著「禁止吸菸」的牌子上移開。

「妳不想去嗎？」

小海非常了解她，所以就算嘟嘴也沒辦法裝傻。

她跟小海嘗試交往已經快三個月。

「不會啊。」

店員雙手端來兩盤鬆餅，一個是鮮奶油上鋪滿了糖漬蘋果，另一個則是起司醬中間堆著培根。小海已經開始拍照，圓香也拍了一張。繪本《古利和古拉》的主角才不會做這種事。小海歪著頭，這個角度臉上的肉看起來才不會下垂。

「妳貼著ＯＫ繃，怎麼了？」

「應該是被紙割到了。」

「啊──感覺好痛喔。」

無論見過幾次面，她和小海的對話幾乎都接近脊髓反射，無法滲進身體。不過，她也不是單純把小海丟過來的球打回去而已。感覺比較像是在距離額頭十五公分左右的地方反射回去，屬於非常表面的對話。

小海背後的層架上放著陶器擺飾，上面有一層薄灰。她以前曾經見過灰塵發亮的瞬間，但現在這裡的灰塵就只是單純的灰色物質。

小海和圓香，看來是很難成為無可取代的關係了。

無可取代的人，對圓香來說具有特別的意義。

就算只是吃鬆餅或送信這種普通的小事也會讓世界看起來

閃閃發亮，擁有這種別人無法取代的關係，才能稱為無可取代的同伴。她一直很嚮往像《古利和古拉》、《蟾蜍與青蛙》那樣的雙人組合。用比較孩子氣的方式來說，這就是「無敵的朋友」，不過她也覺得，這不知道算不算是朋友的延伸。

小學快畢業的時候，一個最接近無可取代的人、堪稱她好友的男生說想跟她交往。圓香跟他解釋，希望他成為無可取代的人，她認為男朋友和無可取代的人不一樣，而且覺得成為男女朋友反而會讓彼此疏遠，所以她不想跟他交往。結果，這個朋友告訴她，一般而言，無可取代的人就是指戀人。仔細想想，她周遭對戀愛有興趣的女孩們，都異口同聲說，只要和喜歡的人在一起，無論多普通的事情都會變得特別。這樣聽起來，無可取代的

人和戀人的確是同義詞。圓香當時覺得自己還真是見識淺薄，聽完這個說法之後便答應和他交往。

他成為男朋友之後，明顯對圓香和其他男性友人說話感到嫉妒。他們除了是朋友之外也是戀人，同時也是家人，形成一個鐵三角，但他似乎覺得圓香和其他朋友的感情好到一定程度之後，戀人的寶座就會被奪走。他熊熊燃燒的嫉妒之火，已經燙傷圓香了。

圓香想像中無可取代的人，是跳脫重要度金字塔之外的特別存在，所以不需要獨占，也不需要嫉妒。因為無論第一層的順序如何變動，第二層的特等席都不會消失啊。因為那是別人無法取代，讓人想要非常溫柔對待的存在。

交往之後，無論何時何地都要聯絡變成義務，從那一刻開始，她就覺得和這個變成男朋友的男生說話很煩。如果是無可取代的人，即便沒有見面或者一段時間沒有對話，彼此之間的感情應該也不會減少才對。被握住的手溼溼的，她覺得好噁心。

剛開始交往的時候她很期待，接下來他們可能會像那些繪本裡的雙人組合一樣，變得感情更好，可以一起去任何地方、做任何事。但是在櫻花樹冒出新芽的時候，他們的關係就像花瓣沉入泥水坑一樣結束了。

她按照媽媽的建議參加考試，幸運考上私立國高中一貫教育的女校。她明明就是很好相處的人，但一入學就被塑造成誰都不能出手的王子形象。雖然有幾個好朋友，但是身邊沒有無可取

代的人。

在她半放棄、要升高二的時候，認識了小海。

大概是在秋天的時候，小海以教育實習生的身分來到她們學校。小海負責高一的班級，在黑板寫的板書醜到無法閱讀，這個傳聞無論哪個年級的人都知道。在全校集會上，小海和其他教育實習生排成一列和大家打招呼，就算在一群女生當中，小海優秀女人的形象仍然非常耀眼，行為舉止也非常完美，所以無論學妹怎麼形容小海的字有多醜，她都無法想像。教育實習最後一天下課之後，她為了交日誌而前往教職員室。班導在跟教育實習生們講話，所以她盯著位在旁邊校長室外側牆面的內嵌水族箱打發時間。當時站在她身邊的人就是小海。

她記得小海的第一句話是問：「妳喜歡義式水煮魚嗎？」最後一句則是：「妳有沒有在用ＩＧ？」畢竟小海是畢業學姊，如果拒絕的話很失禮，所以她口頭告知平常只上傳限時動態的ＩＧ帳號，結果當天晚上就收到小海的私訊。訊息的內容是可以給她一些考試方面的建議，她們可以一邊聊一邊吃飯。最後還加上一句，不能讓老師知道自己偏心特定學生，所以私下聯絡的事情希望她保密。

小海帶她去一間義大利餐酒館，就像在私訊裡說的那樣，給她一些考試方面的建議。小海寫下的筆記，雖然不至於看不懂，但字真的很醜。當下她感覺小海應該不是壞人。

回家的路上，小海說：「跟我交往一定會很有趣，要不要

試試看？」這時候她才發現，原來小海一開始就有這個打算了。仔細想想，剛才在對話的途中，小海的表情曾經有一度看起來五官分裂又再度聚合，眼裡傳出一種溫泉蛋的臭味，那就是人談戀愛的樣子。

圓香嚮往的仍然是無可取代的人，對小海提議的戀人關係沒有興趣。

不過，隨著年齡增長，她漸漸體會到，像《蟾蜍與青蛙》、《古利和古拉》那樣在彼此心中都很獨特，走在兩人專屬的時間軸中的關係，在人類的世界裡非常難得。她明白這種即便生活在不同地方也能一起吃飯、一起出遊，不求回報地付出，在人類的戀愛觀中是不存在的。

繪本裡的兩個主角都是雄性，或許像圓香這樣雌性人類更難做到像動物那樣。

或許只有十幾歲的幼稚青少年才會產生嫉妒心和佔有慾，成熟大人的戀愛關係，說不定近似於無可取代的人。她聽說大人的戀愛就像和對方成為家人一樣，如果是家人的話，會比戀人更接近無可取代的人。總之，她想先試試看。她只和一個人交往過，而且之前交往的對象是男生。因為圓香還不懂戀愛是怎麼回事，有可能只是不知道戀人就是無可取代的人。再說，小海也符合同性這個條件。

她回答：「其實我不太清楚交往到底是怎麼回事。」小海便接著說：「那我們就試著交往看看？」因此，與其說圓香現在

正在和小海交往，不如說她正在測試。

「來，啊——」

小海很幼稚。圓香心裡有一種近乎輕蔑的失望，心想原來長大脫掉制服之後，也不過就是這樣。她覺得小海和以前交往過的那個男生差不多。

「……這樣很丟臉耶。」

小海遞過來的湯匙裡，滿滿的都是糖分。和別人見面的時候，幾乎中間都要夾著食物，讓她覺得很苦惱。可能是因為如果少了食物這個緩衝，對話就無法順利進行吧。

她推開小海的手，聞到桌上食物沒有的香氣。

「我好像聞到金木犀的香味。」

「那是我的香水，妳之前說過妳喜歡這個味道啊。」

她有說過這種話嗎？可能是之前在咖啡店吃到金木犀百匯的時候說過吧。小海會記得連圓香自己都忘記的細節。

反正這些話題，等到今天回家的時候就會忘記大半。她正在度過這種會遺忘的時光，要是能度過快樂到之後會難以忘懷的時間就好了。圓香對小海幾乎一無所知，只是沿著形塑出小海形狀的、模糊的輪廓線和她交往。

「回到旅行的話題，既然我們接下來都會很辛苦，那結束之後就去泡溫泉怎麼樣？」

順著小海的提議，她按照小海的意願回答「好啊」。在陷入小海溼潤的瞳孔之前，她假裝把注意力放在鬆餅上，藉此保持

距離。

圓香心裡明明已經有結論，但遲遲沒有下定決心，就這樣抱著不太可能的微小希望，茫然地和她交往。

抵達離家最近的車站時，口袋裡的手機傳來震動。手機畫面顯示熊熊打電話的貼圖。她買了幾組日常對話用的貼圖給媽媽，方便媽媽可以用貼圖跟她對話，不過她好像按太多次，畫面上有三隻熊並排在一起。

「怎麼了？」

「小圓，回來的時候可以幫我買保鮮膜嗎？短的那一種。然後，還有地板除塵紙。」

「我不是之前就說過這樣我記不住，要傳 LINE 訊息給我嗎？」

「可是打電話比打字快啊。」

「用過就會慢慢習慣了，我剛開始打字也很慢啊。」

「我知道啦。還有牙刷——衛生棉夠用嗎？如果不夠就買回來喔。」

放在洗臉檯下收納櫃深處的衛生棉，原本會特別標註「小圓用」，後來在圓香開始用漢字之後，衛生棉就變成她專用的東西了。媽媽已經停經，會用到衛生棉的只剩下圓香一個人了。

在她邊走邊講電話的時候，不知不覺已經抵達藥妝店。

「我去買，掛電話囉。」

保鮮膜、地板除塵紙、牙刷。結帳櫃檯前排著長長的人龍。今年終於結束了。聖誕節禮物她想要浦島太郎的珠寶盒。

「喔，小圓，妳敢吃山葵了啊，長大了耶。」

脹紅臉的叔叔這樣一說，姑姑就接著吐槽：「二哥每年都說一樣的話。」

元旦她家在爸爸的老家過年。大家在客廳圍著大桌子，一起吃祖母從以前就愛光顧的壽司店送來的高級壽司外賣，這是松井家的傳統。上座是四年前亡故的祖父的座位，空著沒有人去坐，祖母坐在最靠近的位置，然後依序是身為長子的爸爸、次子叔叔、姑姑、圓香和圓香的媽媽。媽媽一直在廚房和客廳之間走

動，所以圓香右肩有點冷。

「小圓長得好高。大哥和大嫂明明都不高，到底是像到誰啊？」

「美幸的爸爸媽媽都又高又瘦，應該是那邊的遺傳吧？」

媽媽家的親戚除了媽媽之外大家都很高，所以娘家的獨棟房子是配合家人的身高設計過的，不像這裡要擔心撞到橫梁，掛毛巾的毛巾架也不會過低，對圓香來說比較輕鬆。在娘家唯一長得比較矮的媽媽，應該在這裡過得比在娘家舒服吧。

「雖然個子長得高，但會不會太瘦了啊？美幸都沒有好好讓她吃飯。」

祖母說了這句話之後，媽媽把茶杯放在祖母面前正打算開

口，她搶先說：「哪有，我很會吃喔。我還盯上奶奶盤子裡的鮪魚肚壽司呢。」祖母的表情這才變得柔和，然後從小碟子裡夾起一塊鮪魚肚給圓香。其實她不太喜歡油膩的鮪魚肚，但她知道祖母每年都會剩，所以刻意選了鮪魚肚。一方面也是覺得喜歡鮪魚肚，感覺很符合小孩的口味，應該會討人喜歡。

「現在吃鮪魚都覺得不太能消化，可能是年紀大了吧。」叔叔開心地宣告自己變老，爸爸也跟著說「我最近吃霜降牛肉也覺得好膩」，話題就漸漸從圓香的身材轉移到別處了。她覺得鮪魚肚的脂肪應該很噁心，所以決定大口吃下，然後配茶吞進去。

「說到這個，小圓明年要考試了吧？真辛苦。現在考試和

我們那個時候不一樣了，好像改成大學會考？」

話題又再度回到圓香身上。叔叔可能是用他的方式在關心她，不過每次圓香在講話的時候大人都會擅自開始說起當年勇，最後也沒聽完她說的話，或者是講一些她沒興趣的事情，所以完全不管她，她反而覺得比較輕鬆。

「以後改成聯合入學考試。」

「是喔。叔叔我已經跟不上時代了，畢竟我已經是大叔了啊。」

「我也跟不上啊。我完全搞不懂，所以把圓香的事全權交給美幸。」

「大哥也要搞懂才行吧，那是你自己的女兒耶。」

「我要工作啊。」

「人家美幸姊也有工作啊。」

在姑姑和爸爸之間，鰺魚開始發出攻擊性的光芒。叔叔不斷說著「好了好了」，但是完全沒有緩和氣氛。

「我工作很辛苦耶。」

「會說自己辛苦的人，有時候根本也沒多累。」

「妳就是因為這樣，才會在前公司鬧得不可收拾。好不容易才靠關係安排妳到美幸的公司工作，再這樣下去小心又丟了飯碗。」

「才不是靠關係，是介紹。」

「還不都一樣。」

每年都這樣。姑姑和爸爸感情不太好，既然都會吵架，乾脆找個理由不要回來就好，但是他們還是乖乖地每年都回老家。圓香覺得強勢的姑姑應該不是什麼壞人，但她實在不太擅長跟姑姑相處。

祖母這個時候出面說話了。

「未可子，跟妳哥道歉。」

「大哥才比較習慣道歉吧，畢竟是他的主要業務。」

碰。爸爸放下啤酒瓶的力道，讓醬料碟裡的醬油表面晃動。

「好～了啦，好了好了，大過年的，對吧。未可子才剛轉職一定很累，畢竟她之前的上司那麼過分嘛。大哥你工作也辛苦了。」

一直說好了好了的叔叔，渾圓的額頭反射著照明的燈光。祖母完全不懂叔叔想要打圓場的辛勞，只顧著挺爸爸。

「未可子從以前就這樣，和哥哥們不一樣，神經大條。明明是女孩子，卻不會為別人著想，總是一個人晃來晃去，長大了之後也這樣。」

祖母對圓香來說是個溫柔的奶奶，叔叔雖然有點囉嗦，但也是個隨和的好人。只要姑姑不在，大家應該就能和平地聚在一起吃壽司了。

媽媽還沒從廚房回來。這裡聽得到水聲，不知道是不是在洗碗。

姑姑好像本來就認識媽媽，圓香聽說媽媽是因為這樣才和

爸爸結婚的，所以她沒辦法跟媽媽說出自己對姑姑的不滿，但這不代表她站在爸爸那一邊。

「美——幸姊，壽司放久了會乾，碗等一下再洗就好，一起吃嘛。」

姑姑無視祖母的話、爸爸的瞪眼還有叔叔的汗水，夾了幾個壽司放在小碟子上就往廚房走去了。水聲停了下來。她們兩個人好像在說些什麼，但是在客廳聽不清楚。

原本默不作聲的圓香，下定決心開口說話。

「奶奶，鮪魚肚很好吃，謝謝妳。」

「小圓像總一郎一樣溫柔。真希望那孩子好好學學。」

叔叔一邊往空酒杯裡倒啤酒，一邊說「一個人喝好孤單

喔」。在泡沫溢出酒杯邊緣之前叔叔就停手了。她心裡一方面希望媽媽回來旁邊的座位，另一方面又不想要媽媽回來。暖氣的風吹在後頸，她後悔穿發熱衣了。圓香問「要不要我再拿一些啤酒過來」的時候，叔叔回答「喔，玄關那裡有放整箱啤酒，可以幫我拿來嗎？」，她便按照叔叔的指示踏上寒冷的走廊。

老舊的木造房屋，一到冬天就比冰箱還冷。背上出的汗漸漸消失。手機傳來尾城發的訊息。

「新年快樂　我在親戚家　這裡好地獄」

「新年快樂　我懂」

「好想回家」

因為尾城傳了一張喊著「我不行了～」而且身體融化的兔子

貼圖，所以她回了一張正在施展魔法說「變～成博美犬吧！」的小狗貼圖。乾脆變成狗好了。真想變成無法判斷公母的塗鴉，連是不是狗都不知道的毛茸茸生物，就這樣生活在人類之間。不過，既然圓香可以像這樣快速移動大拇指，應該是無法變成狗了。

和同學一起上課的年末寒假輔導課，因為會和其他學校同年級的男學生在同教室上課，所以圓香也就成了教室裡的其中一個女高中生。這些男高中生和親戚的叔叔伯伯或者男老師不同，就像乾掉的抹布一樣僵硬，而且又臭又乾癟，她很難想像他們以前和圓香曾經是相同形狀的生物。她甚至想不起來，小學的時候是怎麼跟這些男同學互動的。即便如此，再過幾年她還是要走向

和補習班教室相似的世界。

她希望寒假趕快結束，這樣就可以回到女校了。在充滿個頭比她小、身上有脂肪、明顯擁有女性形狀生物的世界，就算當個異類也無所謂，在那裡被暫時賦予男性角色也沒關係，圓香只想一直待在那裡。

祖母看到她露在外套外面纖細的腿，說了句「等我一下」就往寢室走去。

她拿來三十個裝的暖暖包，輕撫圓香的肩膀。

「女生可不能讓身體著涼。」

祖母只知道這樣表達，才能證明自己的情感是正確又具有

說服力的。她覺得這不是個人的情感，而是整個社會都認為女生應該要這樣做，因為很多人都這樣說所以正確，她想用這句話表達「妳要好好照顧身體」。祖母小小的黑色瞳孔顯得溼潤，映出圓香的樣貌。

在祖母的凝視下，圓香感覺自己好像脫離了身體。皮膚彷彿被削皮刀劃開，肌肉軟綿綿的，血管和神經都擴張開來，然後被風吹走。被風吹著的大腿骨上沾滿像是太白粉結塊般冰冷又透明的東西，大腿到軀幹則綁著各種緞帶。她就像是為了不讓祖母血緣斷絕，在女孩製造工廠組成的娃娃。煙囪飄來溫暖的牛奶氣味。圓香的身體，變成和圓香無關，但是又備受關愛的某種東西。

她緩緩往後退，掙脫祖母的手。

「謝謝奶奶。這裡很冷，奶奶還是趕快進去吧。」

「小圓也要多注意，現在有很多奇怪的感冒病毒。」

她用手臂抱著暖暖包，只揮了揮手腕。祖母也開心地揮了揮手。

她走下石頭階梯站在馬路上，回頭望了玄關一眼。祖母還像剛才那樣，在原地一直揮手。

她揮完手，每踏出一步緞帶就紛紛脫落。因為這具身體是「她」的。她不需要任何不屬於「她」的東西。

她喜歡奶奶。

但這是「她」的身體。

她前往附近的停車場，爸爸已經坐在副駕駛座。媽媽不知道為什麼站在駕駛座的車門前，對著圓香頭頂的斜前方揮手。順著媽媽的視線看過去，發現姑姑從祖母家的二樓探出臉揮手。她們兩個人在交織的視線上，像古利與古拉一樣跳著舞。

察覺圓香靠近，媽媽的表情又回到平時的樣子。

月底，翼沙突然約她見面，還約在早上八點。翼沙傳訊息問她要不要去客美多咖啡吃早餐，然後傳給她的Google地圖顯示的是離她家騎腳踏車約三十分鐘的分店。她本來猜想翼沙是不是要跟她哀嘆距離男團嵐休團的時間只剩不到一年，不過這種話題她可以和推特上的朋友聊，而且她記得翼沙只推女偶像。讓她

覺得在意的是這次聚會沒找尾城。不過，這個月她並沒有感覺到她們兩個之間有什麼矛盾。

她騎著腳踏車前往，所以頭髮被吹亂，鼻子也紅紅的，翼沙和圓香不同，她罕見地沒有遲到，甚至還比圓香早抵達，而且把自己打扮得整整齊齊，嘴唇塗了唇釉閃閃發光。走樓梯到位於二樓的咖啡店時，發現已經有三組客人在排隊了。她們靠在牆邊等店員接待，然後一邊先看海報上的菜單。早餐有三種選擇，點飲料就會有半片吐司，可以選紅豆餡、水煮蛋或雞蛋沙拉搭配。

翼沙看起來很刻意地摸摸肚子。

「肚子好餓，要吃什麼？」

「珍珠奶茶。」

「妳好土喔。」

服務生帶她們入座的窗邊餐桌上，有淡淡的「熊本縣」、「佐賀縣」等塗鴉的字跡，她眼裡浮現在這裡打開教科書，然後在紙上寫筆記的小學生模樣。她坐在紅色天鵝絨的椅子上，連鎖店竟然有這種不會讓她尾椎感到疼痛的椅子，還真是稀奇。翼沙點了紅豆沙吐司和哈密瓜蘇打，圓香點了水煮蛋吐司和咖啡歐蕾。

「唇釉是新買的？」

「對啊。我推在ＩＧ限時動態上面介紹……好想要再有十個嘴唇喔。」

翼沙全身上下幾乎都是偶像介紹的產品。從彩妝到衣服、飾品，都只用偶像代言或者是私下使用的商品。她會在社群媒體上面標註偶像的全名和廠商名稱，然後發文寫「某某用過所以就買了！」這種內容。好像是因為她覺得這樣偶像的工作就會變多，自己能看到偶像的機會也會變多，而且能和偶像用同款商品，根本就是雙贏。

早餐送過來了。籃子裡躺著半片吐司，她把三分之二分給翼沙。翼沙不會說「妳多吃一點啦」或者「妳多長點肉比較好」這種話，而是會說：

「好耶，那我要開動了！」

所以她很喜歡跟翼沙一起吃飯。尾城也是不會多說什麼的

人，如果她們兩個關係破裂，那剩餘的高中生活，就沒辦法擁有能一起愉快度過午休的夥伴了。她在想可能邊吃東西會比較好聊，所以伸手拿起水煮蛋。

「妳可以先吃沒關係，我要拍照……」

翼沙從背包裡拿出束口袋，再把裡面的東西一一排列在桌上。壓克力板包覆穿著粉彩色系衣服擺姿勢露出笑容的女孩們，然後沿著身體輪廓裁切。這些壓克力板的腳底都有底座，看樣子是可以立起來的。

「這是什麼？」

「壓克力立牌，壓克力做的人形立牌。這是阿宅用來放在家裡當擺飾或者拍照用的道具。」

翼沙邊說邊調整立牌的位置，看樣子她是想把裝著哈密瓜蘇打的靴形酒杯圍起來。圓香分不出這六個女孩誰是誰。就在她盯著看的時候，翼沙把溼毛巾這類拍起來不好看的東西堆到角落，只留下想拍的東西。

「這些都是翼沙的偶像嗎？妳會帶著這種東西還真是稀奇耶。」

「這是傳教的一環，信玄餅先生給我的。我推是這個低馬尾的女生，其他只是同團體的成員，我其他的推都在不同的團體裡面啦。」

「妳喜歡這麼多個，不會太忙嗎？」

「我都有用日曆的提醒功能管理，所以沒問題……我只

是個居家阿宅，不會大量購買ＣＤ和周邊產品，影片的話都看YouTube，新聞的話就是看別人的截圖。我付出的只有時間，從那些班長級阿宅的角度來看，我應該會被說是半吊子，不配當粉絲。」

拍完照之後，完成任務的壓克力女孩們被吸回束口袋。哈密瓜蘇打的氣泡已經變少了。

「妳這樣還不配啊，那怎麼做才配當粉絲？」

「把一生奉獻給我推，然後散盡所有財產奉獻給我推，要是我推死了就一起殉葬，這樣應該就夠格當粉絲了吧。我是不知道啦，我雖然是阿宅，但不是非常標準、大家都認可的完美阿宅。」

「妳在說什麼，我完全聽不懂。」

「意思就是這個世界上有很多不同的阿宅啦。」

她拿起厚片吐司之後，籃子裡就什麼都沒有了。看樣子沒辦法在這裡久待。圓香決定主動拋出話題。

「尾城最近不知道怎麼樣，翼沙妳有去找她玩嗎？」

「她好像從早到晚都待在補習班，我不敢打擾她。」

「說得也是。」

「我有事情想跟妳商量。」

「……嗯。」

翼沙瞬間往桌邊的三角錐廣告牌瞄了一眼。

「我還想吃冰與火丹麥麵包，可以加點嗎？妳時間沒問題

吧？」

「啊，沒問題。吃到什麼時候都可以。」

翼沙不是食量大的人，所以翼沙的加點讓她覺得有些奇怪。與其說翼沙是因為想吃，不如說是為了保留這個座位才加點。

點完之後冰與火丹麥麵包就馬上送來了。圓形的丹麥麵包上面，擠了高高的冰淇淋，旁邊低調的櫻桃裝飾，看起來顯得好小一顆。

「這會不會比照片大太多啊。」

「根本就是詐騙啊。」

翼沙下定決心似的在上面淋糖漿，琥珀色的糖漿流向餐盤。

「雖然這樣總比實物很小要來得好，但也不是越大就越好吧……偏偏又那麼好吃，更令人火大耶。這間店是怎麼回事。」

「以後不來了嗎？」

「才怪，還是要來。」

放在桌上的手機發出通知的聲響。小森更新 TikTok 影片了。

「小森一早就好有活力。」

翼沙露出感到危險的表情。叉子刺起的一塊丹麥麵包流下冰淇淋，滴在餐盤上。

「那樣很危險耶，用本名玩社群真的很蠢。知道長相、名字、年齡、帳號，就大概什麼都能知道了，而且有可能會被人……打電話到學校去投訴，或者打電話到父母的職場騷擾……

如果懷有惡意的人真的想對你做什麼，輕而易舉就能毀了你的人生耶，不過生在種姓制度上層的人應該很難懂啦。」

「翼沙，妳討厭小森嗎……？」

「沒有，只不過……」

翼沙沒有繼續說，只是默默地把丹麥麵包塞進嘴裡。店內的客人沒有減少，店員在通道上來回走過好幾次。排隊等著進店的人潮完全沒有退去。等翼沙吃完，還是去外面好了。吞進最後一塊丹麥麵包的翼沙說：

「我可以再點最後一樣嗎？」

「妳還吃得下嗎？」

「……我要吃，我吃得下。」

「如果以後還會來的話，今天就先這樣啦。我隨時都可以陪妳來啊。」

「不，我現在就要吃。」

在圓香回應之前，她就按了服務鈴，之後翼沙開始慌慌張張地翻閱菜單。儘管店裡人很多，店員還是馬上就來了。

「我要總匯三……不對，迷你三明治……不加黃芥末。」

迷你三明治送來了。餐盤上放著切成兩塊的三明治，份量就和便利商店或超市販賣、叫做「三明治」的三明治一模一樣。比早餐套餐的吐司還薄的、一般市售的吐司中間，夾著黃瓜薄片和火腿，還有比吐司厚的雞蛋沙拉。翼沙沉默了，原本打算拿起迷你三明治的手停在桌上。不知道是不是想靠喝水把胃裡的東西

往下推，漸漸趨於常溫的冰水從表面落下水滴，在翼沙的胸前暈開，但她還是繼續喝水。

「……我幫妳吃一半吧？」

「可以嗎……？」

「可以啦，沒吃完也不太好。」

接下來不要吃午餐就好了。

「其實今天有件事我一直想跟妳說。」

「嗯。」

「圓香，妳知道海野學姊吧。對我來說，她是美術社的畢業學姊，不久前她曾經來學校教育實習。」

圓香用很不自然但是正確的發音說出「應該記得」。

「如果妳認識海野學姊的話……不認識也沒關係，那個……我看到了。」

「妳看到什麼？」

「嗯，我可能看到了什麼不該看的。」

「什麼？」

「可能是我誤會也說不定，啊，這是阿宅活動用的帳號，我希望妳不要看我的頭像……」

她嘴裡念念有詞，然後一邊給她看手機畫面，畫面上顯示某個人的個人簡介。頭像是一張以海為背景，背對鏡頭的女性。名字是Sea，姓名旁邊還帶著彩虹圖示。個人簡介上寫著「L／與伴侶的紀錄」，有五千人在看她的「與伴侶的紀錄」。

「就是這個人。」

翼沙確認圓香的表情之後，點開收藏用的書籤頁面。Sea的推特發文，被她收在書籤裡。

「我不是說從去年開始，我推就多了好幾個嗎？我開了其他帳號追蹤相關的人，這個帳號也是那個時候追蹤的其中一個。這個人不是很積極在發和我推有關的事情，但偶爾會讓我覺得她觀察力很敏銳……嗯，基本上來說都只會發『伴侶』的事情還有一些社會上的議題，總之我有追蹤她。」

翼沙說這些話的時候聽起來很流暢，可以感覺到她在家裡已經演練過很多次，就像在讀演講稿一樣。她左手不斷撫摸自己的髮尾，滑手機的右手指尖有點顫抖。「然後啊……」她邊說邊

點開推特。

「我希望妳也看一下這些照片。」

在翼沙開口說之前，她就發現對縮圖裡的照片有印象。發文的日期是去年十二月中旬。「每次和喜歡的人見面　喜歡的地方就會再多一點　就算無法見面　記憶也會讓我重溫兩人時光」這些文章還搭配四張修圖過的照片，第一張是咖啡店懷舊的外觀；第二張是鬆餅和茶杯；第三張是正在吃鬆餅的伴侶，有貼OK繃的指尖；第四張是在攝影者對面座位，正在看菜單的伴侶，下巴以下的照片。服裝幾乎都被菜單遮住所以看不到，但是看得出來是白襯衫外面套著深藍色的毛衣。

原本在看手機的翼沙抬起頭，望著圓香的表情，用很快的

語速說話。應該是原本想好的臺詞都跳過了，所以才會一直吃螺絲。

「我不是要嚇妳，這應該算是忠告吧。雖然照片有遮住臉，但是髮型、耳朵的形狀、衣服之類的，有見過的人看到，可能會被發現也說不定喔～所以最好小心一點。我只是想提醒妳這件事而已。不是所有追蹤的人都會站在妳那邊，萬一這個帳號不小心紅了，照片就會外流，有可能在現實世界引起不好的爭端嘛……雖然有錯的是挑起事端的人。海野學姊是有點怪，但也沒做什麼壞事啊！也有可能是我誤會了吧。雖然她寫的內容和頭像的背影都很熟悉，但也有可能不是學姊，這位、伴侶小姐，也有可能是我完全不認識的人，我只是，很擔心。啊……我知道對非當事人

爆料或追究當事人不願意公開的事情是不對的，我有稍微研究過ＬＧＢＴ，所以了解這樣做其實不好啦，但是……如果、伴侶小姐啊，不知道這個帳號，我擔心她有一天會被找出來……如果妳什麼都不知道，就當作我沒說過吧……」

她一看到推特按愛心和轉推的數量就想逃走。小森和男友最近在TikTok上面開設情侶帳號，平時只有小森和男友的朋友會基於友情按愛心。這篇發文愛心的數量遠超過友情支持。龐大的數字壓迫心臟，讓她覺得喘不過氣。

「……妳沒事吧？要不要喝一點東西？」

厚重的陶器觸感溫潤，咖啡歐蕾好苦。翼沙的手機，邊角也磨得很平滑，但是畫面散發的藍光顯得好刺眼。她一點也不想

看，不應該看，但終究還是看到了。

這個帳號就是小海沒錯。那間咖啡店、那天吃的鬆餅，而且被拍攝的人就是圓香。圓香把手伸向手機，翼沙馬上把手指收回。點開帳號的媒體欄，裡面沒有小海本人的照片。在食物和雜貨的照片之間，夾雜著遮住臉部再加上夢幻的白色調濾鏡，但看過就會認出來是圓香這個人。

「我很想祝福開始和男友同居的朋友　但是我開心不起來
不過我相信　總有一天能看見彩虹　所以現在很珍惜每一天」

她在幾分鐘前發的推特，附上一張在房仲檢索網站上加入「LGBT友善」選項，結果搜不到任何一間房屋的截圖。她從未聽小海提過同居的事情。她想考的大學也在通勤範圍之內。

深夜，小海轉發某個人發起的連署運動，然後發文說「雖然很多時候覺得沮喪　但是為了創造能和喜歡的人共度一生的未來　大家一起發聲吧」。圓香並沒有打算和小海一生一世。

前天晚上的發文是「我擁抱伴侶給我的話入眠」，但她根本不知道小海在說什麼。她繼續往下滑。

「我打開相簿看到伴侶睡著的樣子　我想起她平時總是一臉倔強　但睡著的樣子又那麼天真　實在太可愛讓我哭了出來」、「容易覺得不安實在是個不好的習慣對吧　如果有周圍的人祝福　會不會有什麼不同呢？」、「我只想要平靜地一起吃相同的東西　做同一件事　在同一個被窩入眠　但是好難喔」。

小海無論發什麼文，都會有人按愛心。這些人只看到小海

在推特上，有一個和她感情很好又相愛的伴侶，而且這位伴侶在現實世界無法解脫束縛。在客美多咖啡和小海以外的女人一起吃早餐的圓香，根本就不存在。

看來無論她怎麼滑，都很難找到一篇沒有人按愛心的發文。和同學的友情愛心不同，這些按愛心的人，恐怕是真心支持小海。這些人都是，真心地，想替小海還有小海的伴侶加油打氣。但他們不是想替圓香加油。只是因為小海和伴侶被彩虹圍繞，所以他們才會想要支持這兩個人。

那種感覺就好像下顎沾到一點水煮蛋的蛋黃，然後蛋黃急速腐敗。

「我個人沒有任何偏見，不對，說錯了，我一開始就搞錯

了對吧。如果妳希望今天提到的事情都當作沒發生過，那我會照辦。我真的只是擔心妳，如果我現在說的這句話也說錯傷害到妳，我也道歉……」

翼沙像是要填補沉默似的一直滔滔不絕。店內還是充滿各種聲音，誰也不會想到只有她們這一桌的末日之鐘正在急速快轉。放在兩人之間的手機，檢索履歷中出現「LGBT　相處方式」、「朋友　蕾絲邊」、「朋友　同性戀　注意事項」等關鍵字。翼沙說著不像日常對話那種看似無心或偶然的詞彙，那些都是圓香和小海交往時查過、看過的，而圓香現在只能單方面接受。

翼沙像是安裝了專家或當事人教授的正確應對方式，但即

使更新了作業系統，硬體的資料處理功能卻完全跟不上，出現過熱的現象。不壓迫、不多問、包容、尊重，這些老套的詞彙操縱著翼沙，她本人早就不知道去哪裡了。翼沙說出口的每一個字都被拋在原地，只剩下遵守用戶指南的軟體在運作而已。

這段期間，沒人動過的迷你三明治已經變得溼軟。

不知道是不是準備好的臺詞都用完了，翼沙低下頭，停下一直摸頭髮的左手。世界沒有終結。中間夾著手機和迷你三明治、文風不動的她們，身體都還在。

「……我還是不要再說了。我去一下廁所。」

翼沙離開座位，圓香把手肘撐在桌上把臉埋起來。手肘的骨頭直接接觸桌面實在很痛，所以她馬上就鬆開了。

她把剩下的迷你三明治的餐盤拉近。單手拿起一塊，吐司撐不住雞蛋沙拉的重量翻開來，裡面的餡料落在餐盤上。她用手指撈起來想塞回吐司裡結果失敗，她舔了舔手指，然後用雙手拿好吐司送進嘴裡。圓香並不喜歡三明治類的食物。生菜和黏糊糊的雞蛋、又白又軟的吐司，她都不喜歡。

即便如此，她也只能吃下肚。

因為只要餐盤上還有食物，這段時間就會永遠持續下去。

她抓起第二塊三明治，開始吃了起來。討厭的味道以緩慢的速度通過食道。她從桌上的小水窪裡拿起冰水，一口氣喝光。冰水杯外側的水滴沿著手沾溼了袖子。

從廁所回來的翼沙，臉色比圓香還難看。她的嘴唇發出微

微的腐臭味。

「……我回來了。」

「妳回來啦，那個……」

「嗯，妳說。」

「三明治，我連妳的份都吃掉了。」

「呃，謝謝妳。」

道謝的是翼沙。

因為肚子很痛，一回家她就馬上躺平。胃好沉重。她很久沒有這種感覺，身體裡堆滿不屬於自己東西的感覺。

「小圓，妳這麼早就回來了？」

外出的媽媽晚她一步回到家，探頭往她的房間看了看。

「我肚子痛，就不吃午餐了。」

「妳臉頰是不是有點凹陷？」

媽媽好像一說完就後悔似的，臉皺成一團。隨口批評外表的變化，一直是她的禁忌。

「是嗎？我自己看不出來。」

「不吃飯的話，頭腦就無法運轉，怎麼讀書。」

「其實意外地沒有什麼影響喔。我的期末成績不是也不錯嗎？」

「但妳生理期一直沒來不是嗎？」

「……」

「我不是擔心妳未來的出路，是怕影響到妳的身體啊。媽媽會擔心。」

媽媽似乎非常謹慎地選擇用詞。她在思考這樣講到底適不適合、對不對，會不會傷到圓香。但自從她打破禁忌之後，就必須說出自己的想法，而不是說一些別人認可的話，所以她才用一種像是喃喃自語的聲音說話。

圓香自從身體變成這樣之後，媽媽就曾經暗暗感到狼狽不堪、情緒激動甚至嚎啕大哭，不過，她都費盡苦心不在圓香面前展露這些情緒，盡量不責備圓香，不批評她的身材。努力閱讀各種資料，按照自己學到的知識和她相處。

媽媽應該找過校方商量，所以在她被叫到保健室的時候，

保健室老師滾過圓香表面的言詞也都非常溫和圓融。

「不用變瘦，現在的妳也很美喔。」

「月經一點也不髒，完全不需要覺得丟臉。」

圓香只是不喜歡雙腿之間流出血的感覺，只是沒辦法像大家那樣嘴上說討厭卻每個月都撐過去，什麼美不美、髒不髒，其實她都無所謂。

討厭的東西就是討厭。只是這麼簡單的道理，大家卻都不能理解。

環繞女性的負面風氣都已經在改變了，所以妳也可以不要在意別人的眼光，自由自在地活喔。這就是保健室老師一串話的重點。和她毫無關聯的社會責任，被強加在她身上。在大人的心

目中，圓香在自己個人意志之下做的事情，只是被社會風氣壓抑的結果。

瘦身只是她為了停經而選擇的手段，並非她的目的，但是她被當成厭食症女性患者，所以大家都只會對她說一些厭食症女性患者的專用詞彙。

圓香並非厭食症的當事人。除了身體上的特徵和飲食生活之外，圓香幾乎和那些厭食症患者沒有任何共通點，明明和社會大眾印象中的厭食症患者不一樣，但大家對圓香的態度，都是適用厭食症患者的應對方法。

連翼沙也這樣。她們明明至今都是單純的朋友，曾經彼此靠近、多管閒事、不體諒對方或者拋棄對方，重複這些過程慢慢

測量彼此之間的距離，時而靠近時而遠離，慢慢建立關係。她只是因為想要有一個無可取代的人，才嘗試和小海交往，卻因為這樣被定義成ＬＧＢＴ，變成一個想和同性談戀愛的人。

保健室老師後面的牆上，貼著一張夕陽漸淡的人權週海報。認同多樣性，讓我們互相幫助吧。海報上面畫著在地球上以相等距離手牽手繞成一個漂亮圓形的人們。在固定的地點手牽手，一步也不移動的人們。

圓香也變成其中一個人了。因為只要她踏出去，整個圓就會崩塌，所以她不能離開。她不能讓那些溫柔牽起她的手的人失望，只好靜默並且露出微笑。

她明明就不屬於任何一種特質。

圓香明明就什麼都不是。

「我在客美多吃太多了，真的肚子痛啦。我先睡了喔。」

她聽到媽媽屏息說不出話的聲音。在棉被的摩擦聲掩護下，她假裝沒聽到。

原本冰冷的棉被表面，因為圓香的體溫漸漸變得溫暖。

她希望無可取代的人能待在她身邊。希望這個人能夠單純地把圓香當成圓香看待，對圓香說屬於圓香的話。她想要同等重視並且溫柔對待這個人，希望能到死都和這個人快樂地在一起。

或許這個人根本就不存在。

圓香有話必須和小海說清楚。即便會讓漂亮的圓崩壞，她

也應該要說。

她沒有提到詳細情形，也沒有提到翼沙的名字，只傳達翼沙的擔心，還有希望她刪除那些有照片的推特發文。小海很快就回訊息了。

「我知道了」

看到簡潔的回答，她頓時放心，但沒過多久，她又接著說：

「那我就刪掉囉　不過以後妳就可以堂堂正正地和那位朋友放閃了吧」

圓香這個時候才第一次覺得小海很恐怖。

然後，她發現一件事。即便照片刪除，只要她們還繼續交

往，她依然會在圓香不知道的地方談起伴侶的事情。在不會有任何人糾正的狀態下，她描繪的樣貌就等於真正的圓香。

她坐起身。原本蓋在身上的棉被從肩膀滑落，寒毛全都立起來了。大拇指以前所未有的速度移動。

「我想分手」

訊息馬上顯示已讀。

「為什麼？如果是我說了奇怪的話　那我道歉」

「請跟我分手　照片也」

她一慌張，還沒打完字就按了送出。

「照片也請妳現在立刻刪掉　拍到我的那些照片　還有之前上傳到推特上的東西全部」

訊息顯示已讀，但是她沒有回。她知道現在她們透過液晶螢幕面對面。沉默讓畫面凝結了。

「這個世界的確很殘酷」

她突然傳來一句含糊的話，在圓香不知道該怎麼組織語言的時候，又傳來下文。畫面跳了出來。

「但是　我覺得只要我們能告訴大家自己的存在　持續證明女生和女生也能交往　那就有可能可以改變這個世界」

圓香變成一個敗給社會壓力，所以和小海提出分手的人。小海或許是想視而不見吧。因為只要把分手的原因轉嫁到其他地方，那自己就不會受傷了。

「還有其他追蹤者也上傳了和伴侶的合照　我們必須像這

樣和夥伴們一起　表達自己的意志才行　有人是看到我們的故事才受到鼓舞」

她傳來截圖。打開之後，顯示的是用匿名工具發文的畫面。「Sea小姐，冒昧傳訊息給您，打擾了。我是一個國中生，看到您和伴侶這樣的普通人也存在社會上，讓我備感勇氣。」、「您和伴侶的故事，總是撫慰我的心。我很憧憬二位的生活！」、「我也有同性伴侶，看到您的推特發文之後我就哭了。」被粉紅色外框包圍的圓潤文字映入眼簾。

如果小海只是想要炫耀自己的戀人才上傳那些照片，那只要事先告訴她就好了。但是「夥伴」的輪廓和小海的輪廓融為一體，那些輪廓線又粗又濃，漸漸蔓延開來。她的眼尾像是要裂開

似的，感覺好痛。

她不知道小海所謂的「夥伴」究竟是什麼樣的人。可能是想要找盟友、感到徬徨的人；想要交朋友的人；想要交換資訊的人；有話想要對整個社會發聲的人，又或者每一種元素都有一些；也有「夥伴」只是單純想支持這些人。圓香不知道這些人在想什麼，也不懂他們的痛苦。

但是，以圓香的角度來看，就算在現實世界裡沒有人支持，在和某個人連結的瞬間，身為「少數派」以及將少數變成派系的人們，其實一點也不少。小海身邊有很多夥伴，能夠為她的快樂獻上祝福，體會她的悲傷，在她憤怒的時候同仇敵愾，也有夥伴會說出小海需要的話。

而圓香收到的是：

「雖然可能會很痛苦　但我們一起努力吧　戀人就是為了互相幫助而存在的啊」

填滿胃袋的迷你三明治失去質量。液化之後的迷你三明治失去原有的形狀，傳輸到血液之中，推動著內臟，大腦，她的大腦微微顫動。詞彙。詞彙。她需要詞彙。可以傷害小海的詞彙。她在尋找大家都不喜歡、不願意正視、完全不推薦的詞彙。尋找擁有足以讓小海的身體萎靡的力道的詞彙。

「如果妳不跟我分手　我就告訴學校」

不停跳出來的對話框，突然停歇了。圓香停下打字的手。已讀的文字就在那裡不動，表現出小海狼狽的模樣。

手機進入待機狀態的瞬間，對話框從黑暗中跳出來。

「妳冷靜一點　說出去的話妳就沒辦法推薦入學了」

她解除鎖定畫面。

「如果這樣的話我就參加一般考試　但海野老師有可能就拿不到教師證了呢」

電話打了過來，但她拒接。

「我在搭電車沒辦法接」

她撥開纏在腳上的棉被。頭髮之間冒出汗水。

「至少見個面談吧　重要的事情不應該單方面用文字通知就結束　一般來說要見面談吧」

在那之後就是一片濁流。

「我想見妳一面」、「有些事情說不定見面談才能懂」、「如果今天很混亂的話或許改天冷靜下來直接談比較好」、「我覺得人和人沒有見面真的無法溝通」、「這是最低限度的禮貌」、「妳還是高中生可能還不懂但是這種時候就會顯現人品最好小心一點」。

濁流沒有停止。圓香傳遞給小海的話，早就被沖走了。

封鎖這個功能對失去語言能力的人實在太貼心了。

兩天後的早上，翼沙傳來截圖。是Sea的推特發文。

「伴侶的身分似乎曝光了　我會把帳號鎖起來　之前的照片也都會刪除　對之前給予我諸多鼓勵的追蹤者很抱歉　我們有

可能會因為這件事分手　希望以後這個世界能讓所有相愛的人都可以手牽手在陽光底下散步」

她把帳號改成不公開，圓香打從心底覺得慶幸。否則感覺她現在就必須馬上對推特上那些同情她們的所有帳號，一一自我介紹。

如果他們就在她面前的話，她應該會抓著他們的肩膀猛搖。社群媒體這種東西，只會呈現自己想給別人看的東西，只會寫能寫的東西。那不是小海和圓香之間的所有真相。

她打開推特。小海的帳號的確已經上鎖，可以趕走不相干的外人了。

翼沙傳訊息跟她說「真的很抱歉」，她回覆「這和妳沒有

關係，不要在意」。翼沙一定很在意。不過，在學校的時候，她應該會假裝不在乎，就像平常那樣對她吧。因為這是大家都建議的正確處理方式。

午休剛過一半，圓香的桌上就堆滿巧克力。校規規定不可以帶零食進來，但今天是情人節，所以學校就默許了。不過，收送巧克力的時間僅限午休開始的三十分鐘。當然，不能在校內吃。除了這段時間以外，被老師發現的話就會被沒收——表面上是這樣。今天大多數的老師都會睜一隻眼閉一隻眼。話雖如此，大部分的學生還是會在這個時間送巧克力。

翼沙借前面座位的椅子，尾城把自己位在斜前方座位的椅

子拉過來，三個人圍著圓香的桌子，開始分類圓香收到的巧克力。市售的放紅色紙袋，手做的放藍色紙袋。收到的當下可以分辨的話，圓香會當場分好，但有些是放在包裝袋裡無法分辨。這些暫時保留的巧克力，她們會拆開來，像回收寶特瓶要分開瓶身和瓶蓋那樣一一分類。雖然這樣做很心痛，但也沒辦法。

上高二之後，同學們就會買大容量的綜合巧克力，或者是用鋁箔容器製作簡單的手工巧克力，然後放在保鮮盒裡分送。國中部青澀的低年級學生大多會精挑細選包裝袋，然後裝入精心製作的巧克力點心。在校內還算知名的圓香，每到休息時間就會有低年級的學妹來教室親手送巧克力，到午休開始之後陸陸續續還會有人來，她則是準備市售的分裝巧克力當作回禮。同學抱著裝

滿巧克力的保鮮盒到處分送，看到桌上紙袋裡裝著滿到要爆出來的巧克力說：「松井殿下應該……不會吃我的巧克力吧。」然後就離開了。今年的十四號沒有需要移動教室的課，真的很慶幸。否則在走廊稍微走一兩步就被叫住，實在很麻煩。

今天一整天，圓香就像模擬戀愛的舞臺裝置。每年都這樣。女孩們一直輪流過來，有時候紅著臉在朋友的支持下遞給她巧克力。不過，這並不是戀愛。比較接近翼沙所說的「推」，這樣說可能有點自大，但很類似。曾經有一次，她的鞋櫃裡放著包裝袋還附上一張卡片寫著「我是真心喜歡妳」，但是根本不知道是誰送的，所以圓香什麼也沒做。後來沒有任何消息，所以她想應該是這個人自己想要作個了斷吧。不過，她不喜歡有鞋子的地

方被放進食物，所以後來都在鞋子上貼標示「有事情請直接來找我」。

她沒有被告白過，除了小海之外。

「謝謝妳們兩個，這是回禮……」

分類完之後，她從背包裡拿出昨晚做的巧克力蛋糕，翼沙把不織布口罩拉到下巴。

「我沒辦法帶回家，所以現在就要吃掉。謝啦。」

「我還有紙袋，給妳一個吧？」

「不是紙袋的問題。因為疫情的關係，我媽很囉嗦，她說不要把別人親手製作的東西帶回家，還叫我中午一個人安靜吃飯。太誇張了吧？疫情明明就只跟那些老頭老太婆有關啊。現在

連口罩都被轉賣，我這種有花粉症的人很困擾耶。」

同樣正打算從背包拿出保鮮盒的尾城驚呼「不會吧」。

「翼沙，這個妳也要現在吃嗎？我打算連保鮮盒整個給妳耶。因為前天跟男朋友分手了，所以我把原本要給男友的材料都加到要給妳們兩個人的份裡了。」

「妳跟驚嘆號男分手了？」

尾城一邊打開保鮮盒一邊事不關己地報告這件事。翼沙好像原本就知道圓香沒聽過的男友綽號。圓香輕輕把多餘的紙袋收進背包，以免發出噪音。

「那個每次傳訊息都在語尾加上驚嘆號的傢伙，上上次就分手了。」

「我分不清楚男生的臉，根本不知道誰是誰。所以妳又甩掉人家了？」

「是我被甩。」

「好難得喔，為什麼？」

翼沙撕開巧克力蛋糕的包裝，用手捏起來吃。

「早上我在吃巧克力口味的玉米脆片，有一個脆片掉到地上，我打算撿起來吃。要吃下去之前，我覺得怪怪的，仔細看才發現原來是我家兔子的便便。」

翼沙發出慘叫般的笑聲，身體往後靠。原本拿在手上的巧克力蛋糕塌陷，糖粉掉在深藍色的毛衣上，宛如新雪落下。

「是便便耶？一般來說大家都會笑吧。我是當成笑話告訴

男友，結果他不只嚇到，還生氣地說『不要跟我說這種事』。」

「因為這樣就分手？」

「對。那傢伙，真的是個便便怪人。」

尾城還繼續這個話題。

「我這輩子都會因為便便而大笑，所以我不懂他為什麼要生氣。他明明小學的時候一定也曾經因為便便而爆笑，怎麼可以現在假裝沒這回事。便便永遠都很好笑好不好。」

「的確是。」翼沙一邊笑著吃巧克力蛋糕一邊附和。

「小雞雞也很好笑。話說回來，我給他看兔子小雞雞的照片時他也生氣。便便和小雞雞光名稱就很好笑，妳們不覺得很不公平嗎？女生的生殖器就不好笑，奶子也很微妙。剛剛體育課要

換衣服的時候，小山表演的奶子怪人，我個人覺得很有趣，但也有同學不高興。只要是男生，就連乳頭都很好笑。我也想要全身都變得很好笑。」

「那妳就拜託巫女，讓乳頭之神降臨，然後請求祂賜妳神之乳頭。」

「那就失去意義啦，我是希望所有女人全身上下都變得很好笑。」

「人類的身體本來就很有趣，要再更有趣很難吧？從客觀的角度來說，只有部分毛髮濃密，其實已經非常奇怪了耶。」

聽到翼沙這樣說，圓香忍不住高聲贊同。

「我懂，很好笑。應該說是很滑稽。」

「沒錯沒錯，就是滑稽。」

「那就是時代沒有追上小山的幽默。總之，我們因為便便分手了。」

聽到尾城的宣言，翼沙又開口大笑，可以清楚看見她舌頭上的巧克力蛋糕。圓香跟著笑，尾城也露出輕浮的笑容。

「那傢伙的志願被評為E，可能是因為這樣，看到我對便便事件哈哈大笑的反應覺得很火大吧。」

「妳要不要乾脆去當YouTuber，教便便讀書法？」

「那很快就會被BAN掉好不好。」

教室裡沒有人責備她們三個的言論。亂糟糟的桌椅之間，同學走來走去，大家各自去想去的地方，在喜歡的地方聊天。圓

香也說出原本沒有預計要說的話。

「其實我上個月也分手了。」

尾城和翼沙都睜大眼睛，她們兩個想的事情一定完全不同。翼沙已經吃完巧克力蛋糕，開始仔細折疊包裝紙。她的視線望向圓香，尾城則是環顧四周一圈之後才壓低聲音說：

「可以問原因嗎？」

「因為我們志向不同，所以決定解散。」

尾城誇張地遞上保鮮盒。

「這是無糖的生巧克力，幾乎可以說是豆腐了。」

「謝謝，我回家再吃。」

接著翼沙也從背包拿出小小的包裝袋。

「我也有帶，就是……就是小歸小但很好吃的東西。」

接下她恭恭敬敬遞過來的東西，觸碰到的手指傳來靜電，還發出聲響。尾城一邊說「感覺好痛，是說妳都不知道裡面裝什麼就買了？」一邊從旁插話。

「我就不擅長讀橫向的文字啊。我很後悔選世界史，第五堂課實在是太累了。而且，手指真的好痛。」

翼沙才摸了摸手指，第五節課的鈴聲就響了。

「我們要不要一起組一個新的樂團。」

「團名要取什麼?不要選橫向的字喔。」

「這個嘛——就選跟便便有關的。」

「剛才不是跟妳說會被BAN掉嗎？」

尾城把圓香和翼沙給的巧克力硬塞進背包深處，她聽到裡面的講義和面紙等物品被擠壓的聲音。翼沙說著「絕對不能忘記巧克力在裡面喔」然後從置物櫃拿出當作興趣在學的韓文問題集。安住老師比較沒那麼嚴，所以能輕鬆在上課的時候做別的事。

小森在講臺那裡說：「安住哥，給你巧克力～」她這才發現安住老師不知道什麼時候已經進教室了。籃球社的成員們也紛紛說「我把多的巧克力都給你」、「真是有福氣耶」，然後擅自把巧克力留在桌面上，就往日本史的教室走去了。安住老師一邊說「妳們啊，早就已經過了可以送巧克力的時間了」但還是從小森的手上接下巧克力，下一個瞬間——

「安住哥結婚了?!」

小森的吶喊在教室裡擴散，一直傳到走廊的邊緣，籃球社成員們一邊尖叫一邊跑來跑去，在一聲「快點移動！」的喝斥下，學生像小蜘蛛一樣紛紛散去。距離第五堂課的鈴響，剩下不到一分鐘了。安住老師突然把左手藏在背後，雖然是不想讓小森看到，但這個動作也因此變成在向圓香和其他同學宣告這件事的證據。

激動的小森，馬上開始不停問問題。梳理一下內容之後，大致了解安住老師的太太是他當初來學校赴任時，第一次擔任班導的班上學生。畢業典禮那天，對方向老師告白，但老師拒絕了。不過後來在成人式之後，學校舉辦的同學會上有機會深聊，

他們跨越各種阻礙，等她出社會也習慣職場生活後決定結婚。雖然一臉不情願，但安住老師說了很多。成年男性談起自己戀愛的樣子，讓她覺得很稀奇。爸爸也會在公司，對年輕的屬下談起自己和媽媽相戀的故事嗎？圓香覺得好難想像。

上課鈴聲響起，小森一臉不滿地回到座位。

第五節課下課之後，原本預計籃球社會打前鋒召開記者會，讓安住老師沐浴在砲火之中，但在那之前就被安住老師驅散了。下課前五分鐘突然開始小考，趁學生在解題的時候，安住老師就擦乾淨黑板做好準備，下課的同時人也跟著消失了。以前從來沒看過他這樣的舉動。跑著回來教室的籃球社成員跪在地上，聽著

小森的報告垂頭喪氣。

「大齡男友啊，真好耶～」

「和安住交往太勉強了吧？他是大叔耶。」

「事情又不是他變成大叔之後才發生的。他說是什麼時候來著？」

「二十四歲的時候認識的。」

「二十四歲的話還算SAFE啦。網球社的社員跟我們大學的人一起吃過飯，說是二十二歲的話SAFE。」

「那二十四歲就OUT了啊。」

「四捨五入的話就一樣啦，所以SAFE。」

說什麼在女校的女生早就拋棄女人的自覺，根本就是謊言，

沒有一個人能脫離性別。

大家雖然平常會說內心住著大叔，但是文化祭的時候，如果有人叫男生來參加，就會開始打扮。像圓香這種長得高、身材線條又不明顯的人，因為沒有什麼女人味，所以在校內被當成是大家共享的男友角色，聊起這種話題都會格外熱絡。

「安住老師竟然是蘿莉控啊。」

翼沙沒有打算說給誰聽，但是剛好，真的是剛好，在其他聲音都停下來的一瞬間，傳到班上的每個角落。原本在教室前面和籃球社員大聊特聊的小森，嘴角顯得扭曲。

「欸，坂下同學啊，這和蘿莉控不一樣吧。安住老師他……我忘了，幾歲的事情啊？」

「他剛才不是說二十四歲嗎？」有人幫忙說話。

「當時二十四歲，對方十六歲，現在兩個人都已經是成人了。」

「藝人隨隨便便都差超過十歲啊。」有人跟著附和。

翼沙接收了籃球社成員的視線，很快就回答：

「比我們小八歲的話，就是小學生喔。如果班上有人和小學生交往的話，大家一定會倒退三步吧。」

狂亂的漩渦以翼沙為中心開始旋轉。大家都拍著手，張大嘴巴哈哈笑。笑聲之中夾雜著「好噁」、「好糟」之類近似尖叫的聲音，遠遠看著的同學也跟著訕笑。看到大家這麼熱絡的樣子，翼沙好像心情變好了。為了引起別人的反應，她又繼續

接著說：

「安住哥說不定帶著色色的眼光看我們呢。」

天哪，有人發出尖叫。大家覺得很好玩。有人覺得翼沙自我意識過剩所以帶著嘲笑的態度，但也有人是感受到自己對異性仍有性吸引力覺得開心。

伴隨著金屬摩擦聲，教室門被拉開。

安住老師就站在門外。

教室突然安靜下來。

沒有原本預想的記者會。安住老師只是溫和地笑了笑。

「我有東西忘記拿。」

「安住老師，你還真是冒冒失失耶～」

平時不會稱呼安住為「老師」的小森，用開玩笑的口氣這樣說。安住老師一腳踏進來，磨損的講臺木板就發出擠壓聲。

「妳們剛才給我的巧克力，放在講桌下忘記拿了。真是抱歉。」

「好過分喔～」大家用圓潤的音色，避免刺傷安住老師。

教室裡的每個人，都盡量不發出尖銳的聲音，垂下眼簾行動。選修日本史的同學陸續回來，一走進教室就察覺異樣的氣氛，大家都壓低音量。彷彿只有這間教室的重力和其他地方不同，學生們的動作非常不自然地飄忽著。翼沙也仿效大家，小心翼翼地整理桌面，把韓文的問題集夾在世界史教科書與筆記本之間。

「坂下，妳平時都在上課的時候看其他科目的參考書對吧？」

當所有聲音消失時，明明不該有聲響，圓香卻聽到了。類似在無風的地方，點燃燈火的聲音。

「……對。」

「雖然是要內部升學，但這種態度我覺得不太好。坂下妳怎麼想？」

「我正在反省。對不起。」

「我不是要妳道歉，只是想知道妳的想法。妳覺得呢？」

「我覺得這樣不好。」

「對吧。就算一個人再會讀書，人品還是最重要。」

接下來，安住老師不斷重複告訴翼沙，再這樣下去會很難考上她想要的學系，不聽人言的學生將來難成大器。老師說了好幾次：我這是為了坂下同學好。

圓香只看得到翼沙圓圓的後腦勺。視線範圍內的角落有一個座位離翼沙很遠、一樣也在看和世界史無關的問題集的同學，急忙慎重地把書收進抽屜。明明翼沙就不是因為問題集才被教訓的。

明明安住老師回到教室之後，時鐘的長針只移動了兩格，但她覺得時間好漫長。教室裡的所有人都不敢用力呼吸，從走廊就感覺到危險的同學，沒有進教室而是遠遠觀察。

「會不會是因為妳在學一些沒常識國家的語言，才會跟著

變得沒常識？」

那一瞬間，教室的氣味完全改變。之前人工營造的無味已經消失，同學嘴裡吐出的巧克力濃厚甜味，順著地板蔓延。如果氣味有形狀的話，那些氣味就像是瞄準安住老師似的，在桌腳和椅腳之間蛇行穿越然後聚集在一起。只有站在老舊講臺上的安住老師，沒有發現到講臺下的狀況。

接著，抽搭、抽搭，從翼沙的臉部中心開始發出倒吸液體的聲音，而且頻率很快。翼沙低著頭，幾乎和桌面平行，厚厚的頭髮之間不斷傳出抽搭、抽搭、抽搭的聲音。大家的頸部都散發出同情的氣味。安住老師好像終於發現不對勁，丟下一句「如果知道自己做了該哭的壞事，一開始就不應該做」便離開了。

教室漸漸找回聲音。圓香和尾城幾乎同時緩緩接近翼沙的座位，翼沙還是低著頭。

一直站在講臺旁的小森走過來，大聲說：

「他怎麼能說這種話。」

在尾城插嘴之前，小森繼續說道：

「安住那傢伙很奇怪，搞不懂他想幹嘛耶。」

籃球社的社員也靠過來一邊說「真噁心～」、「坂下同學不要在意」、「別理他、別理他」，一邊搭著小森的肩膀，往走廊走去。

之後教室一直有人進出，原本充滿巧克力味的空間，漸漸參雜其他氣味，慢慢恢復平常的樣子。準備要去上第六堂課或者

是假裝要去找朋友的同學，有些過來跟翼沙講兩句話，有些則是放巧克力在桌上，但翼沙沒有回應任何人，只是把雙手蓋在臉上。厚重的頭髮，幾乎看不見翼沙的表情。第六堂數學課快要開始了，數學老師約瑟夫馬上就要到教室了。

尾城似乎很擔心，不知道是不是想改變氣氛，她一邊說「妳好啊～」一邊像掀開門簾似的用手背撩起翼沙的頭髮，開了一個無聊的玩笑。結果，她大叫一聲。

「妳流好多血！」

翼沙用手掌接住的不是眼淚而是鼻血。從鼻子到下巴，口罩都染紅了。沒有被不織布吸收的血，落在翼沙用雙手打造的池塘裡，即便如此還是有血透過指縫染紅毛衣的袖口，尾城急忙把

翼沙的袖子捲起來。翼沙有花粉症，所以桌上常備盒裝面紙，抽出幾張之後，擦了擦袖子上沾到的血跡。不知道是不是嘴裡也有鼻血，翼沙沒辦法好好說話。尾城幫翼沙把口罩拿下來，用面紙接住漏出的血時，圓香把翼沙原本攤在桌上的教科書收起來，再用手把她的頭髮紮起，免得沾到鼻血。原本在一旁看著的同學，也沒辦法假裝不在意，紛紛大叫了起來。「廁所、廁所，趕快去廁所」、「不對，這時候移動是不是很危險」、「總之趕快把面紙塞進鼻孔」、「咦，這種狀況可以笑嗎？」。

「妳們在吵什麼？」

「鼻血！坂下同學流鼻血了！」

在鈴響的同時進教室的約瑟夫，看到好不容易用面紙塞住

鼻孔但滿臉都是血的翼沙，稍微睜大了眼睛，再看看桌上散落著吸飽血的面紙說：

「有溼紙巾的人借她用吧。沒有的話，坂下妳就去保健室吧。找個人陪妳一起去。」

溼紙巾因為新冠病毒的關係，店裡暫時都缺貨，算是很貴重的用品。即便如此，也有三個人同時把溼紙巾丟到翼沙桌上。總之，她先從第一個丟過來的那包裡抽一張擦翼沙的左手，第二包擦右手，第三包拿來擦臉。這段時間，上課鈴聲已經響了，但約瑟夫還是延後五分鐘上課，讓大家在教室自習，讓翼沙去廁所漱口刷牙。

回到教室的翼沙像沒事人一樣。她臉上沒有淚痕，也沒有

鼻血的痕跡。回到座位一段時間之後，才小心翼翼地拿下塞在鼻孔的面紙，趁約瑟夫面向黑板，沒有看著學生的時候，小跑步把面紙丟進垃圾桶。翼沙經過圓香座位的時候，低聲跟她道謝。

「妳為什麼要自己默默在那裡流鼻血啊……？」

「我剛開始以為是鼻涕，結果聞到鐵鏽味馬上就知道不是鼻涕。可是，這樣很不甘心啊，這樣我還要問老師『可以用面紙塞住鼻孔嗎』。我不想被發現，所以才一直低頭，結果鼻血流得更多，大家都在同情我，所以我實在沒辦法多說什麼。我一個堂堂高二學生竟然流鼻血，真的很丟臉耶。」

袖子被染成紅褐色的毛衣和捲在一起的襯衫已經用自來水

洗過，正在窗邊晾乾。血液似乎沒辦法用水沖洗乾淨，翼沙露在運動服外的手很紅。翼沙一邊搖晃著圓香拿給她的暖暖包一邊解釋，尾城聽到覺得目瞪口呆。

「我完全聽不懂妳在說什麼。」

「我也很混亂啊。當時我一個人很慌張，毛衣、筆記本還有其他東西，真是謝謝妳們了，幫了我大忙。」

下課之後，約瑟夫很快就離開教室。週五第六節的數學課不需要擦黑板，所以值日生喊完下課的口號就消失了。

「我有稍微反省一下喔？不過這跟學韓文沒有關係吧，他根本就不需要這樣批評，所以我才不想讓他發現我流鼻血。」

翼沙抽出一張面紙擤鼻涕。面紙上沒有血。

「我覺得新冠病毒怎麼樣都隨便，但是沒有口罩，花粉症的人真的很難受。」

她再抽出一張，更用力擤鼻涕。

「妳看這裡有寫，要輕輕地擤鼻涕才不會容易流鼻血。」

小森把手機的畫面亮出來，翼沙接著說：「真是太感激了～」

早上，看著床單上出現紅褐色的抽象畫，圓香突然好想要像最近流行的動畫裡面的鬼一樣，照到陽光就消失。剛好這個時候有一群小孩，唱著動畫的片頭曲從外面跑過去。

幾天前，學校突然停課，能休閒娛樂的地方也臨時停業，

所以大家都沒地方去。剛才那些小孩應該也是被鄰居通報給警察、被投訴，或者被父母罵了，才會沒繼續聽到他們唱歌的聲音吧。

站起來之後有點貧血所以頭昏腦脹，她勉強拖著身體走向衣櫃，拿起一件內褲朝洗臉臺走去。置物櫃，應該是在右邊。她拿到的是量少的日用型，另一種只剩下量多的夜用型。幾年前的初經三天就結束了。媽媽買的生理褲，她一次都沒有穿過，等長高之後就以尺寸不合為由丟掉了。

她坐在馬桶上，弄髒的睡衣連同內褲一起脫下。雙腿之間垂掛著黏膩的血，朝著馬桶的水面滴落。就算是蜘蛛絲的主角犍陀多也不會抓住這種東西。在沒有任何裝飾、整組販售的內

褲底部貼上衛生棉。在這段期間，混合著尿液和血液的東西不斷滑落。

為什麼現在又出現了，她以為這輩子都不用再看到了。是因為上個月的巧克力嗎？在學生之間，圓香收了多少巧克力蔚為話題，甚至有同學想要創立校內的金氏紀錄，就連沒說過話的學生都送巧克力給她，所以儘管有些人不好意思送她巧克力，今年收到的量還是超過去年。她明明沒有問，但還是聽了同學計算後的報告，原本想要減少其他飲食的攝取量，結果還是小瞧了巧克力的威力。

對了，床單。必須洗床單才行。但是她又不想被媽媽發現。如果會被發現的話，不如拿微薄的零用錢買新的，然後把弄髒的

床單藏起來。只有內褲和睡衣的話，可以趁爸媽睡著之後在浴室洗乾淨，然後晾在房間裡就不會被發現。一想到要在春寒料峭的時候碰冷水，她就覺得憂鬱。幸好她得到很多暖暖包。

回到房間，掀開床單確認床墊。還好沒事。不過這時候就算要買床單，居家用品店也幾乎都停業中。不對，宜得利應該會開，只是營業時間有變動而已。

她坐在床墊上，把手伸向放在床頭櫃上充電的手機，發現手機正閃爍不停。頻繁的通知訊息很煩人，之前她把大部分的應用程式通知都關掉，所以馬上想到可能是有人打電話或者是用LINE聯絡自己。她解除休眠模式。

鎖定畫面上有好幾個綠色對話框，是尾城。

「我住鄉下的爺爺確診了　住院中　不知道會怎麼樣」
「住在一起的奶奶可能也很危險　但檢查結果還沒出來」
「妳們兩個最近最好也不要和爺爺奶奶碰面」
「我實在太小看新冠病毒了　現在好後悔」

在點開這些文字訊息之前，她收回手指，滑掉那些對話通知，以免應用程式顯示已讀。發訊息的時間是早上五點，現在這個時間，尾城應該已經搭上第一班新幹線了吧。不對，現在不能移動，所以有可能是和父母待在一起。她什麼都不知道，也不知道該問什麼才好。

她在想，自己必須說些好話，說一些為尾城著想的話。她對尾城來說是重要的朋友，所以她才會告訴自己實情，她不能說

那種大家都會說的話，必須說一些有內容的話。尾城應該不想變成「有家人臥病在床的人」。因此，圓香必須找到專為尾城量身定做的話才行。

她一改變坐姿，衛生棉和肌膚之間的血塊就被壓扁。她打開筆記本ＡＰＰ，輸入想到的話。

「妳沒事吧？」怎麼可能沒事。

「很難過吧。」這是一定的啊。

「加油。」要加油的是醫療從業人員和尾城的爺爺。

「一定會好起來的。」毫無根據的鼓勵，她也覺得不夠。

「希望爺爺平安無事。」透過祈禱許願完成某件事，能安心的也只有圓香自己而已。

她能想到的都是一些以前聽過的老套句型。這些都是針對「有家人臥病在床的人」量身打造的句子，不是為了尾城量身打造的句子。每次打完字之後，都沒辦法通過她的審核，又刪除了。

在腦中浮現又消失的常套句，不會讓狀況變得更糟，但是也不會變得更好。就像對方說「早安」，她也回「早安」一樣，這些常套句能做的很保守，無法掀起革命。狀況無法改變，但又必須改變。

她的大拇指完全動不了。

她很害怕自己說的話會動搖人心，巴望著有人能為她說的話做擔保，那就只能借用別人保證過的話了。只要使用很多人都

用過的話，圓香和尾城今後的關係一定會很安全。
正當她打算檢索「朋友　家人　新冠　用詞」的時候，她把手機丟了出去。被保護殼罩住的液晶畫面沒有摔破，依然很完整。
在一片黑暗之中，出現翼沙的對話框。
對了，私底下和翼沙商量就好了。在兩個人講好的時間點，說一些感覺不錯、鼓勵人的話就好了。她拾起手機。
翼沙在三人群組有留一段話。
「我原本打一些沒事吧　雖然很難過但還是要加油　事情一定會好轉之類的話　但是我覺得這些都沒意義　所以決定不打了　我只會默默地已讀妳　如果尾城妳有話想說　就在這裡盡量

抒發吧」

讀完之後，她發現有人點開聊天室。翼沙的發言已經有兩個已讀，這表示尾城現在也在看這段話。

她點開「輸入訊息」的欄位，鍵盤跳出來，但她沒有打字。

明明就已讀了。

她點開笑容的圖示，畫面下半部出現各種貼圖。在她選擇點頭說「嗯嗯」的倉鼠之前，決定換成圍著小茶几默默喝茶的三隻動物貼圖。她真的好笨拙。

過一段時間之後，一大片綠色對話框填滿畫面。

「我現在不知道怎麼辦　我們家的爸媽不像別人家賺很多錢　所以現在我的學費和補習班的錢都是爺爺贊助的　以後讀大

學的學費大概也是　所以如果爺爺過世　我可能也沒辦法讀大學了　我怕落榜　所以一開始就想要考私立大學　但是現在這樣一定沒辦法讀　我媽因為爺爺以前不讓她讀大學懷恨在心　所以爺爺讓我去讀大學這件事　我媽其實內心不平衡　可是我還是想繼續讀書　我爸平時在家跟空氣一樣　如果爺爺去世　我就真的沒有人支持了　我不知道該怎麼辦才好　爺爺有可能會死掉　但我只想著自己的事情　真的好差勁　我什麼都不知道了　好苦惱我不知道該怎麼辦」

沒有任何人發言。

只讓尾城知道她們都看到了。

這些話沒有飄散到別的地方，一直待在原地。

外面沒有風，天氣很溫暖。穿著冬天用的雙層夾克實在太熱，抵達宜得利的時候，圍巾裡冒出薄薄一層汗水。大腿之間又溼又熱，非常不舒服。她折疊脫下的外套，用其中一邊的手臂抱住。

因為新生活的到來，以及很多人無處可去，所以店內非常擁擠。沒有人覺得自己或者身邊的人會中標，有些人自己在選購商品，有些人則是和身邊的人討論要買什麼。

讀完尾城迫切的心情之後，圓香還是決定以買床單優先。對圓香來說，這比死還嚴重。

她在寢具區所有素色的床單裡，尋找和那條被弄髒的床單

類似的商品。不是象牙白，而是灰白色，布料比較柔滑。她摸了摸放在外面的樣品確認質感。

她一蹲下，巨大的血塊就冒出來。從早上開始，腰內側就像是被套進一個裝滿水的游泳圈，游泳圈的下緣接縫處破裂，裡面的東西不斷流出來。這些液體流出來之後又被填滿，身體一直好沉重。

跟弄髒的床單最接近的商品，沒有單人尺寸的庫存，架上沒有看到。

她想確認倉庫裡面還有沒有，所以叫住經過的店員。「那個……」她一開口就後悔了。

「……請問有什麼事嗎～」

束起黑色長髮的小海，發出制式的聲音。

「……我想找這款床單的單人尺寸。」

「如果架上沒有的話就是沒有庫存喔～不過我們可以從其他分店調庫存過來～」

她到底是什麼時候換地方打工的？她們交往的時候，她聽說她在大學附近的餐飲店打工。小海的黑色瞳孔，很像Pepper機器人。

「不用，沒關係，謝謝妳。」

她沒辦法再繼續看著她的眼睛，所以立刻轉身。

「等一下。」

小海的聲音從後面傳來。她沒有回頭，想要大步往前走，

但是雙腿間的衛生棉絆住腳步，血塊又流出來，她沒辦法順暢地移動。

「妳等一下，真的，我叫妳等一下啦。」

其他客人投以好奇的視線，但是馬上就移開目光了。不該在這個季節出現的金木犀臭味越來越靠近。

她的背包被用力往後拉。

「沾到血了。」

她小聲告訴她，但圓香沒有接話。

「總之妳先把外套穿起來，應該可以遮住。」

她按照她說的，靠貨架遮住臀部，在羞恥、困惑與恐懼之中，拚命把手臂穿進外套裡。

「去廁所吧，我給妳衛生棉。」

「如果外套遮得住，那這樣就好了。」

「妳是搭電車來的吧？妳這樣要搭車回去不行啦。別說那麼多了，妳就過來吧。」

她按照指引走進廁所，小海從自己的腰包裡拿出衛生棉遞給她。

「這是日用量多。妳平常量多嗎？有去婦產科看過嗎？」

她只能默默地搖頭。面對一言不發的圓香，小海嘆了一口氣便離開廁所。

她關上門，脫下外褲和內褲。從衛生棉側漏出來的血沾到外褲，她只能用衛生紙盡量擦拭。

月經的經血，很鈍。不像從傷口流出來的血那樣銳利，有一種愚鈍的氣味。血塊很像秋刀魚的內臟。既然是死去的內臟之一，當然會很像。原本在體內的東西，只要離開身體，就不會想要它再度回到體內。

當知道翼沙隱藏自己流鼻血的事實時，她還納悶她怎麼這麼笨要選擇隱瞞，但現在她懂了。明明不會死，但是身體卻在流血，讓人覺得很丟臉。如果別人因為這樣對自己好，那就更丟臉了。

如果能像擤鼻涕那樣，多出一點力就能把血排光就好了。

覺得自己很沒用的心情，和有人幫忙真是太好的心情幾乎在同一個水位上，她沒忍住，滿溢的水就這樣從左眼和右眼流出

來。丟臉的感覺越來越沉重，好希望自己能跟這間廁所陷入地面，就這樣埋在地底深處。然而，在現實世界裡，她能做的只有把血滴在水面上而已。

她打開用簡單的焦糖色塑膠膜包裹的四角形衛生棉，撕開背面的離型紙。內褲上已經髒掉的衛生棉用包裝紙包起來，再丟進專用垃圾桶。她在沾到血的位置貼上新的衛生棉，這段期間，她仍能感受到雙腿間流出血的感覺。

從廁所隔間出來之後，小海還等在外面，所以她往後退了一步。

「止痛藥。這個藥效不強，妳應該可以吃。妳去那裡的自動販賣機買水配藥吃吧。」

「我不覺得痛……」

「是喔，不過妳還是備著好了。」

小海硬是抓起她的手，把銀色包裝的止痛劑放在她手上。

小海的指尖溼溼熱熱的，很噁心。

「妳對我好，也不會有什麼好處，我也、也不會因為這樣就跟妳復合。」

「咦？」

「意思就是，我不會因為這樣就回頭。」

「……不是，我已經有新女友了。妳為什麼覺得前女友會永遠愛妳啊？」

小海戴著彩色隱形眼鏡的瞳孔顯得很乾燥。

圓香感覺臉上都在冒火，頭腦充血幾乎要破裂了。

「妳該不會是覺得我照顧妳別有居心吧？」

「……對。」

「又不是只有戀愛關係，才能對別人友善。」

「……對不起。」

小海不是戀人，也不是朋友、學姊、老師或家人。

對圓香來說，她和自己沒有任何關係。

但是，她覺得或許自己是喜歡小海的。

原本止住的淚水又再度冒了出來。血液、眼淚這些液體都會一鼓作氣流出來，而且無法靠意志阻止，圓香不喜歡這樣。

「咦，什麼，沒事啦。我沒有生氣。妳這是第幾天？那個

啊，月經來的時候最好老實一點。雖然會不舒服，但大多是錯覺，應該是說心情混亂啦。月經結束的時候，妳就會覺得當時為什麼好像快死了一樣。那七天會變得像另一個人。」

圓香認識的小海，說話沒有這麼快。她總是用舌頭上含著糖果，不讓它掉下來般的聲音說話，不會發出這種很像在隨便亂拔雜草的雜音。她的睫毛仍然往上翹，但下半邊的臉被不織布口罩遮住，看起來很像陌生人。

「……那個，真的，很抱歉。」

「沒關係。月經來的時候，任誰都會怪怪的啦。」

小海耳朵上掛著的耳機傳出聲音，好像是其他店員在找她。

小海揮了揮手就離開了。

「謝謝。」

圓香終於說出大家都會認可、圓潤又溫柔的話了。

初刊載於〈文學界〉二〇二二年五月號

國家圖書館出版品預行編目資料

N/A / 年森瑛 著；涂紋凰 譯. -- 初版. -- 臺北市
: 皇冠文化出版有限公司, 2023. 11
160面；18.8×12.2公分. -- (皇冠叢書；第5124
種) (大賞；153)
譯自：N/A エヌエー
ISBN 978-957-33-4081-2 (平裝)

861.57　　　　112016990

皇冠叢書第5124種

大賞｜153

N/A

N/A エヌエー

作　　者—年森瑛
譯　　者—涂紋凰
發 行 人—平　雲
出版發行—皇冠文化出版有限公司
臺北市敦化北路120巷50號
電話◎02-27168888
郵撥帳號◎15261516號
皇冠出版社（香港）有限公司
香港銅鑼灣道180號百樂商業中心
19字樓1903室
電話◎2529-1778　傳真◎2527-0904
總 編 輯—許婷婷
責任編輯—蔡承歡
美術設計—嚴昱琳
行銷企劃—薛晴方
著作完成日期—2022年
初版一刷日期—2023年11月

法律顧問—王惠光律師

讀者服務傳真專線◎02-27150507
電腦編號◎506153
ISBN◎978-957-33-4081-2
Printed in Taiwan
本書定價◎新臺幣280元/港幣93元

CAUTION

DIET
MJS
エヌエー